복합상징시기획시리즈 · 8

어둠의 색깔

정두민 詩集

 중국조선족복합상징시동인회

어둠의 색깔

어둠 더듬는 사나이의 색깔
－정두민의 詩集「어둠의 색깔」에 대한 진맥

중국 연변조선족복합상징시동인회 회장
「詩夢」잡지사 사장·발행인

김현순

사나이에게 눈물이 있다면 그것은 어둠 앓는 고름일 것이다. 그 고름이 얽히고 응어리져 보석으로 빛을 뿌릴 때 그것을 두고 세상은 별이라고 부르게 된다.

파란만장의 인생길을 억세게 헤쳐 나가는 사나이의 색깔, 그것은 과연 어떤 것일까. 이제 정두민 시인의 「어둠의 색깔」이 우리들 앞에 숙연히 침묵으로 다가서고 있다.

주지하는 바 상징은 인류문명의 일종 표현이다. 상징의 푸른 하늘을 닮아가면서 자신의 영혼세계를 변형의 목소리로 화폭으로 펼쳐 보이는 정두민 시인의 시 세계는 낯선 자극과 생신한 흥분으로 세상을 전율케 한다.

혈형이 빚어낸 진액의 사연에
부서진 시간 한 쪼박 스며드는 순간
몽타주의 종잇장이 동공으로 확대된다

－시 <지문(指紋)의 연출>의 첫 부분

드라마적인 인생을 걷는 화자의 독백으로서의 이 詩句에서 <혈형>은 인간에게 차례진 숙명적인 삶이라고 볼 수 있으며 <진액>은 고통이 낳은 상처의 기억이라고 볼 수 있다. 화자는 숙명적인 삶의 고통이 낳은 흔적을 <부서진 시간 한 쪼박> 스며든다고 하였으며 <몽타주의 종잇장이 동공으로 확대되는> 환각에 빠져들면서 삶의 섭리를 변형적 가시화로 펼쳐 보이고 있는 것이다.

그러나 생의 욕구 앞에서는 존엄의 비굴함도 감내해야 하는 섭리를 일순간의 집념과 생각의 실천에 의해 좌우지됨을 화자는 다음과 같이 읊조리고 있다.

존엄을 뛰쳐나온 마주치는 대가
함축된 모든 것이 손가락 끝에 방아쇠를 건다
재일 수 없는 사투가 피 흘리며
숨어든 신경선
승부의 재판에는 색깔이 층계 딛고
순번 닦아 전화를 건다

모든 것에는 대가가 따르기 마련, 쉽게 이루어지는 일엔 튼실함이 결여될 수도 있다. 이런 것들이 또 화자로 하여금 <승부의 재판>을 위해서는 <색깔이 층계 딛어야>만 했으며 <순번 닦아 전화를 걸게 하고 있다. 여기에서 <순번 닦는> 표현은 언어의 강압조합으로서 삶의 뒤틀린 조화가 낳은 어둠의 색채를 한결 돋구어주고 있다.

그러나 이런 삶의 좌표는 운명적인 삶의 되풀이를 거듭하며 거기에 적응되고 습관 되기에 억울함을 익혀 둔다. 이런 복잡한 내면의 세계를 다음과 같이 표현하면서 시를 마무리하고 있는 것이다.

또 다른 계약서가 줄지어 이정표에
날인 찍으며, 아침의 등어리에

때 묻은 입술을 갖다 댄다

이렇듯 화자의 내면세계는 모순과 불만과 실의(失意)에 충만되어 있다. 하지만 또 그에 대한 탈리와 초탈의 그림자도 메아리로 화자만의 우주를 별처럼 장식해가고 있다.
이 시의 표제로 되고 있는 <어둠의 색깔>을 조심스레 펼치어 보자.

저녁노을의 숨소리가
어둠에 질식한
태양의 발자국 쪼아 먹을 때
성형수술 한 바람이
지평선 파도에 들먹거린다

찻잔 속에 쌓여진 검은 비등점
고요의 기둥에 물소리 비끌어 매어두면
깎아버린 손발톱 무게들
분신자살한 별찌의 빈소를 짓고
추모의 눈물을 휘뿌려도
달은 아랑곳없이 태연함을 바른다

유언으로 남겨놓은 혜성의 간막을
이식수술 받아
광명 찾은 늙은 반딧불
잠자는 허공에게 해몽을 서두른다

-시 <어둠의 색깔> 全文

화자에게 있어서 인생의 색채는 어둡기만 하다. 아름다운 저녁노을도 화자에게는 <어둠에 질식한 태양의 발자국 쪼아 먹는> <숨소리>로 들리며 <별찌>의 존재마저 <분신자살>한

영상으로 비참하게 감지하고 있다. 왜 그렇게 되는 것인가? 화자의 굴곡적인 삶이 그렇게 느끼게 하고 있는 것이다.

 그러나 화자는 그런 삶에 대해 혐오를 느끼면서 그에 대한 반역과 탈출을 시도하려고 몸부림치고 있다. 그 고통스러우면서도 악착스런 분투의 과정이 바로 찬란한 인생일 것이다.

 현실을 개변하고픈 강열한 염원이 <성형수술 한 바람>이 되어 지평선 파도에 들먹>거리고 <달은 아랑곳없이 태연함을 바른다>. 또 <혜성의 간막을 이식> 받아 <광명 찾은 늙은 반딧불/잠자는 허공에게 해몽을 서두른다>

 이토록 화자는 암울한 현실에의 초탈을 갈구하고 시도하며 그에 도전장을 던지고 있다.

 정두민 시인의 시 세계를 들여다보면 가슴에 연기가 꽉 차오고 숨이 갑갑해지면서 저도 몰래 한숨을 토하게 됨을 어쩔 수 없다. 그 연유를 따져보면 답안은 한 여인에게 가서 떨어지게 된다. 화자의 영혼 저켠에는 소리 없이 소담하게 피어나 묵묵히 향기에 젖어있는 들꽃의 그림자가 아미 숙이고 있다. 화자는 그것에 대한 집착과 연민으로 생을 괴로워하고 행복해한다. 그것은 어디까지나 현실 건너 켠의 아름다운 신전 같은 존재로 화자에게 무한한 에너지의 근원을 자리매김하고 있다. 화자는 그것에 감사했고 그것에 또한(恨)을 품고 있다.

 있다면 여자의 감옥에
 겨울이 갇혀있기 때문이었다
 그날의 첫눈 향기에 입술 갖다 대던 순간
 펜 끝의 탈출을 시도하던 글자들 반역이
 꼬드겼기 때문이었다
 잔에 담긴 언어의 외도(外道)
 탁월한 선택은 슬픔이 고민하고
 웃음 비비는 그젯날 제스쳐(gesture)는

레스토랑 마담의 손톱눈에
가시 박혀
어둠 찔러 주기 때문이었다
없다면 거짓말이 기억 찢어
바람벽에 향기 발라둘 신화로
잠들어버렸기 때문이었다

─시 <전화 받지 않는 이유> 全文

화자에게 있어서 여인이란 즐거움의 원천이고 에덴동산의
향기로운 금단의 열매였다. 그러나 현실 속에서의 여인은
요원하면서도 풍요로운 신화로, 신기루처럼 빛나고 있다.
그것이 다시 한(恨) 많은 인생에 발동을 걸고 있는 것이다.
이제 이의 결구와 표현기법을 살펴보기로 하자.

여자의 감옥에 겨울이 갇혀있다
↓
펜 끝의 탈출을 시도하던
글자들 반역의 꼬드김
↓
잔에 담긴 언어의 외도(外道)
선택은 슬픔을 고민한다
↓
그젯날 제스쳐(gesture)는
마담의 손톱눈에… 어둠 찔러 준다
↓
거짓말이 바람벽에 잠들어 버린다

화자의 정감흐름에 따른 경지의 이동순서를 도표식으로
그려보았다. 현실적인 삶의 현장에서 한 여인에 대한 끝없
는 사랑과 그리움의 모순 속에서 자신에 대한 학대의 장면

을 목격할 수가 있다.

인간의 모든 행동이란 마음의 지배를 받게 되며 무의식적인 행동일지라도 결국 따져보면 그것은 영혼의 계시에 따른 행위에 귀속되게 되는 것이다. 영혼의 지령에 따르는 마음의 세계는 어디까지나 환각의 나열 속에서 새로운 질서를 찾게 되므로 환각이라는 이 존재의 표현은 어디까지나 변형적인 모습으로 세상과 대면하게 되는 것이다.

<여자의 감옥>이라는 말 자체부터 추상적인 상징의 세계를 그려 보이며 그 속에 겨울이 갇혀있다고 함으로써 더구나 환상적인 색채로 세상에 농후한 환각을 선물해준다.

<펜 끝의 탈출>을 시도하는 <글자들의 반역>은 기성되어 있는 관습내지 룰(律)에 대한 해탈의 의미를 이념의 상징으로 확실하게 보여주고 있는 것이다.

<잔에 담긴 언어의 외도>라거나 <마담의 손톱눈에 어둠 찔러준다>는 것과 같은 이념의 가시화는 상징의 깊이에 한결 더 색채를 보태주는 좋은 효과를 이룩하고 있다.

이제 <거짓말이 바람벽에 잠들어 버린다>고 상상해보자.

바람벽의 이미지에 대하여 세상은 익히 알고 있다. 모든 소식, 소문이나 스캔들, 지어는 한 여인에 대한 짝사랑의 찢어지는 감정마저도 바람벽에 잠재워 두려는 화자의 애절함이 현실 도피의 주제로 시(詩)의 마감을 장식해주는 것이다.

복합상징시 멤버의 한 사람으로서 정두민의 시 세계는 복합구성을 이루는 이미지들의 퍼즐 조합으로 정체를 이루는 구조적 특점에선 변함없으나 그 퍼즐들이 화자의 이념적 감정 색채의 조화에 따라 형태적 변화를 일으킨다는 데에 대해선 주목해 볼 필요가 있다.

시간이 빚어낸 액체의 분말에서
수탉의 홰치는 소리
굴러 나온다

10

맥박의 뿌리에 꿈 매달은
우담화(優曇華) 향기

새벽이 딛고 간 발자국마다에
드라마의 가슴 문질러 대면서
풀싹들의 속삭임…

땀방울로
소망 두 잎에 받아 적는다

글자마다 보석 되어
빛으로 다시 녹아 흐른다

－시 <이슬> 全文

이 시에서의 핵심은 노력의 결실이 빚어낸 생명의 위대함을 노래하는 것인데 화자는 <수탉의 홰치는 소리>, <우담화(優曇華) 향기>, <풀싹들의 속삭임>, <소망의 두 잎(여기서는 마음가짐으로 상징되어 있다)>, <보석> 등 이미지들의 변형적 표현으로 <이슬>과 같은 맑은 영혼의 정화를 찬미하고 있다.

매 이미지들마다 변형된 능동적 가시화(能動的可視化) 과정을 거쳐 이미지의 구상적(具象的) 표현이 잘 실행되었다.

화자의 사유와 감정의 흐름선에 의하여 이미지들의 내재적 연결고리를 꽉 틀어쥐고 환각의 퍼즐 조합으로 영혼의 신질서를 열어간 정두민 시인에게 큰 박수를 보낸다.

정두민 시인의 경우, 이념의 역설과 환각적 이미지와 스토리의 토막들을 변형시켜 화자의 내심을 보여주는 데 성공한 사례라고 역점 찍어 말할 수 있다.

정두민 시인의 시를 포함한 복합상징시 계열의 시들을 쉽게 알아볼 수 없는 것은 그것들이 교묘하게 변형되어 상징으로 승화되었기 때문이다.

지식결구와 인생경력 및 미학구도가 단순한 차원에 머물러 있는 사람들에겐 당연히 알아볼 수 없는 미궁과 같은 존재일 수밖에 없다는 것이 복합상징시의 답이 될 것이다. 그만큼 복합상징시는 대중문화적인 특색을 지닐 수 없음을 뜻하기도 한다.

즉 다시 말하면 사발과 꽃병의 구별점과 같다고 해야 할 것이다.

복합상징시집 <어둠의 색깔>을 보면서 이차원(異次元) 우주의 열쇠를 넘겨받은 듯 기분이 한결 흡족해진다.

정두민 시인의 금후 창작에 더욱 주렁진 열매가 빛뿌릴 것이라 믿어마지 않으며 여기서 글을 마무린다.

다시 한 번 정두민 시인 님께 감축의 인사를 드린다.

辛丑年 봄날에…

2021년 3월 20일

차례

머리글/어둠 더듬는 사나이의 색깔/김현순/5
꼬리글/첫 시집을 내면서/정두민/120

이슬/21
오솔길/22
고목/23
거미줄/24
폭포/25
두더지/26
봄바람의 욕심/27
경도 능원에서/28
고집의 일부분/29
4월의 봄/30
4월의 밤눈/31
저녁노을·1/32
저녁노을·2/33
토장국/34
전화 받지 않는 이유/35
생일날의 자화상/36
쑥대/37
생략부호/38
진열대/39
봄의 얼굴/40
연결고리/41

평면도/42
첫눈 내리기 전/43
시인/44
그녀가 떠난 뒤/45
우울증/46
청명날/47
밤의 묵상/48
호수/49
병풍/50
선생님/51
면목/52
이 밤엔/53
어느 여름날 저녁/54
하루를 저리 해도 된다면/55
쇼/56
뽈/57
접목/58
파리채/59
환각의 짝사랑/60
농군의 봄/61
땅의 생일/62
설날/63
그림자/64
속사/65
술상/66

정두민 복합상징시집·어둠의 색깔

단풍잎/67

반성/68

좀벌레 날아다닐 때/69

가을의 고민/70

빛의 각색/71

등산길에서/72

조각난 거울/73

추상화/74

종소리/75

지남침/76

버들개지/77

백양나무/78

하늘을 밟으며/79

강/80

고드름/81

가을의 그림자/82

기록/83

지금이란/84

창가에서/85

술잔/86

하늘의 야성/87

앵두나무/88

그믐날 밤/89

슬픔/90

진달래/91

수돗물/92
엄마의 마음/93
임자 찾는 광고/94
봄이 앉은 자리/95
확대경/96
일기/97
사랑/98
온도계/99
지문의 연출/100
지팡이/101
혈관의 침묵/102
때로는 제목 없이도/103
친구에게 보내는 편지/104
가슴속의 이모저모/105
차 한 잔/106
한때는/107
고독/108
어둠의 색깔/109
몰래 카메라/110
바람의 그림자/111
폭풍전야/112
고독의 배경/113
명상/114
바위/115
지문/116

실락(失樂)의 초가삼간/117
사각지대/118
계좌번호/119

어둠의 색깔

이슬

시간이 빚어낸 액체의 분말에서
수탉의 홰치는 소리
굴러 나온다

맥박의 뿌리에 꿈 매달은
우담화(優曇華) 향기

새벽이 딛고 간 발자국마다에
드라마의 가슴 문질러 대면서
풀싹들의 속삭임…

땀방울로
소망 두 잎에 받아 적는다

글자마다 보석 되어
빛으로 다시 녹아 흐른다

오솔길

나뭇잎 미소가
바람의 샘에 내려앉는다

구름의 나들이는
나방의 날개에 실리어 있다

꽃과 나무의 분주함에
투망 던지면
노루 발자국, 송사리 지느러미, 그리고
산나물의 싱그러움…

온갖 것들이
바다의 비린내로 초경 치른다

해와 달의 오르가슴 내리가슴이
생각의 쪼르래기
열고 닫는다

고목

골드바하…
그 추측이 허무의 나이를 잰다
날씨의 방토에는
붉은 천의 안쓰러움

여윈 대화의 그림자가
사막의 베일에 담뱃불 갖다 댄다

길상(吉祥)의 날잡이가
황역(皇曆)
한 벌 벗기면

고별식엔 이유가 삭정이로
비틀어진 하늘 허우적거린다

마음밖에는 사랑이 없다는
유머의 도래가
아픔의 연보를 적는다

거미줄

과녁의 고집이 욕망의 화살에
입 맞춘다

끈끈한 기편의 선율
공간을 진동시키는 모습에
달빛 빨아 먹는 어둠의 진액
살찌어 있다

투명한 올방자에는 눈꽃 모양의
꿀 발린 시간, 그리고…

부스러기들의 합창이 유다의
겁 질린 눈빛으로
식사 시간
별빛에 꼽는다

폭포

태양의 물방아에
팅겨 나오는 글씨들이
무지개 펼친다

낯선 감동이
동공(瞳孔)의 주파 속에서
영혼의 흐름을 본다

삼백만 인파엔
줄기찬 진동의 하늘

시작과 끝이
소리로 시간을 이어놓는다

두더지

봄의 명함장엔 터널의 길
씨앗의 유언들이 능쟁이 한 포기의 무게로
멧새의 눈물 쓰러 눕힌다

계곡 젖은 세월의 바람
개구리 하품하는 소리가 모래 언덕에
햇살 한 송이 꽃피워
시간 감빨고

빨랫줄에 매달렸던 겨울의 출입문
봄이 지렁이 물고
사활(死活)의 줄 당기기에
도수를 높인다

봄바람의 양심

미라의 잎사귀들이 빛을 간직한 채
죽음 떼질 쓰다가
시간의 진동에 떨어져나가는
새싹들 미소에
소리의 탈출, 누드의 순환 핥는다
응고된 길이 시체를 눕히고
잃어버린 기억들이 파랗게
눈 뜨며, 아픔의 들 덮어 줄 때에
약속이 공간의 입술
빛으로 마사지 해준다

경도능원에서

슬픔 앞에서 죽음이 그림자 드리운다
날숨의 약동에 지구를 감싸는
기억의 분말

채 못 나눈 손짓의 연민은
세월의 치맛자락에
눈물과 악수를 거부한다

타버리는 연기(緣起)의 향연
북망산 메아리가 산새 되어
허공에 날개를 턴다

고집의 일부분

그래서 바람벽에 낙서한
추상화의 문안은
경비 서는 바람을 탓했던
것만은 아니었다
들소의 내장 뜯어 먹는 학살이
약육강식의 섭리로 꽃펴남을
알면서도
죽음으로 번식하는 야수의 비명엔
면목 없는 흐느낌이
본초강목 배꼽에 한숨 한 술
떠 얹어 주었다
슬픔이 뿌리엔 눈물이 말라붙었다는
외로운 수탉들의 부러움도
감각기관 세포로
모세혈관 열고 있었다

4월의 봄

계곡의 숨결엔
버들개지 눈뜨는 하늘이
반짝거린다
아직도 차디찬 뿌리의 꿈틀거림은
송사리의 뽀끔거리는 숨결이다
기억상실증에 걸린
다람쥐의 발톱이 긁어대는
빛살 한 자락
아지랑이 속치마 벗는 소리가
부끄럼 망울진 진달래 숲에로
바스락바스락
몸을 감춘다

정두민 복합상징시집·어둠의 색깔

4월의 밤눈

죽어간 겨울 하늘의 귀신 되어
봄을 쫓는다

소나무 꿈틀거림이
자취 감춘 밤

빙점(氷點)의 유령
바람에 감사드리며

어둠의 공간에
향기로 하얗게 녹는다

저녁노을·1

하루에 불이 달렸다
지친 추파들이 골회로 남는다
위선자의 난도질, 사기꾼 질투하는
요사함 싹둑 자른다

바람의 추파엔
몸 비꼬는 숭배의 사상
핏발선 눈에 초저녁 별이
영하(零下)의 계곡에 깃을 내린다

멀리서 어둠 거머쥐고
밤이 서성거린다

저녁노을·2

비둘기 목청을 끌고 간
바람 멈춘 곳에
태양 잃은 산의 그림자가
오늘을 덮어 버린다
마음의 적재함에 입방으로 쌓이는
별들의 아우성 수다

고장난 시간에
발자국 썩는 소리의 율동은
가로등 반경 속에서 시간여행 발효시키고
은밀한 공생 사인으로 찍혀진
빗방울 음색들이
어둠의 윤기 안고 미끌거린다

부엉이 소리가
녹색의 재활용 신고식 올리고
영공의 길에는 철새들 소란스런
몸체의 내면
오고 감을 낙인 찍는다

지폐와 접목된 점선
모자이크 절벽으로 다가서고
과테말라 용암으로 흐르던 강물
그리움 싣고 동해바다 저 멀리로
숨죽여 걸어간다

토장국

계절 추켜든 기다림 있다면
바람의 무게는
자오선 들어 올린 지구가
진화의 입맛에
양념 끼얹어 둘 일이다

낮과 밤, 하늘과 땅
각 부위마다에 베어링 돌면서부터
세월 삭히는 냄새가
우주의 반경
사진 찍어두었을 것이다

허공의 핵심엔
성에꽃 향기도 햇살 되어
반짝일 것을…

덮개는 억겁 세월 덮어주며
침묵 끓여 용암
달구어 주었을 것이다

전화 받지 않는 이유

있다면 여자의 감옥에
겨울이 갇혀있기 때문이었다
그날의 첫눈 향기에 입술 갖다 대던 순간
펜 끝의 탈출을 시도하던 글자들 반역이
꼬드겼기 때문이었다
잔에 담긴 언어의 외도(外道)
탁월한 선택은 슬픔이 고민하고
웃음 비비는 그젯날 제스쳐(gesture)는
레스토랑 마담의 손톱눈에
가시 박혀
어둠 찔러 주기 때문이었다
없다면 거짓말이 기억 찢어
바람벽에 향기 발라둘 신화로
잠들어버렸기 때문이었다

생일날의 자화상

실종된 그리움엔
추모의 여파가 저장되어 있다고
새벽부터 비는 내리고 있었다
뺨 때리는 바람의 손가락엔
타락한 맥주 냄새
사랑의 여울목에 유령 되어 감도는
감격의 잎잎마다
출산의 아픔
분만(分娩)의 목소리로 우주를
흉내 내고 있었다

쑥대

쓰러진 해골의 젖줄에
햇빛에 찢어진다
토막 난 궤도 위를 강행하는
죽음의 승낙

허공이 토해낸 안개의 질서 속에서
눈물, 낭자하게 빛난다

장례식장의 기둥 받쳐 든
절망의 문안
세월에 아쉬움 양보하고
창가에 찍힌 참새의 신음
녹색 하늘 말린다

진동하는 주파수의 불온정은
가슴에 탁류로 부딪혀
바람으로 부셔지고

수십 년 뿜어낸 날숨의 무게
모래 먼지에 매립된 채
마른번개 씹어 삼킨다

허공의 섹스에
시대 어긋난 움직임…
낮달 속 토끼를 흔들어 깨운다

생략부호

청자양각에 빚어진
학의 울음소리

여인의 금목걸이에 숨어
비밀 엿듣고 있다

하늘에 용해되어 사라지는
함박꽃 향기의 흐느낌

바람의 댐에 소용돌이치며
텅 빈 갈대의 속내를
운다

진열대

즐거움으로 봉합한
낮달의 하늘
양지에서 기어 나와
모충의 환각 신고해 올린다

산책하는 물소리들
금빛 회오리는 꽃향기를 삼키고
관절염 앓는 수호천사의 손에
구름이 붕대 되어
쥐어져 있다

낙하산 타고 내려온
우주의 시간, 땅의 양심
귀뚜라미의 울음이 접목을 시도하고

나뭇잎 목탁 소리 끝나면
생태의 맥락에 태양의 자장가
고요 속에
시간의 매듭을 푼다

봄의 얼굴

뇌출혈에 걸린 세계 안락사
고드름은 사라진 지 오래다

달의 적외선
망원경 속에 증발하는
나무의 절규

속닥거리던 구름 몇 송이가
빛살 삼키다 토해버린다

이집트의 고대 문자로 엉켜진
풀숲의 검색 창엔
태양의 미소

말똥가리 암살자의 눈빛이
바람을 키질하여
마가을의 모형도에 날개를 단다

임종의 계절
금메달 시상대에 샅바를 맨 색깔의 조합
석별의 문안이
서리 맞아 기침 깊는다

연결고리

여명의 피를 화험 하던 안테나
흑토의 숨결로
나목의 기저귀 갈아준다

종달새 목청 진열대에 세우고
하프 튕기는 계곡의 알람

흰점의 집합들이
꽃사슴 되어
천수관음의 천궁을 유람한다

변성 수술을 거절한
민들레 목청엔
담벽 허무는 갈구가 무색함을
지워버린다

평면도

자오선의 채찍 끝에서
헤드라이트 빛이 찾아준 거리의 약속
관상용 기하 도형들이 꿈을 방문한다
밤빛 모형의 갈구리에 걸린 감각기관의 표정들
묘지 뚫고 나오는
고풍스런 옛 노래 흔적들이
무늬 대신 설계의 산자락에 꽃을 피운다
갈색 시간, 찬 서리 싹트는
자음과 모음의 하늘 아래
먹이 찾는 부스러기의 기리움이
별이 되어 빛난다

정두민 복합상징시집·어둠의 색깔

첫눈 내리기 전

문신의 돌멩이에 불꽃 퉁기며
피 못의 내막에
겨울 싹트고

묘지의 소망, 꿈의 구도에
시선 걸어놓는다
주렁진 허공에 시린 눈동자들
별빛 주고받는다

포근함 새기는 습도의 잉태에는
먼 거리 조준하는
낙엽의 숨결 말라붙어 있다

부서지는 고독의 날개
하얗게 찢겨져 있다

시인

보이지 않는 것에 이유가 있다면
그것은 영혼을 불사르는 어둠의 딱지일 것이다
관짝 실은 영구차의 숨 가쁜 소리는
입바람 더듬는 아픔의 손일 수도 있다
알았어야 했는데…
태풍 직전의 고요는 성냥 한가치 앞세우고
밤을 행진한다

그녀가 떠난 뒤

먼지 낀 담배 연기의 틈 사이로
탑이 정갈한 수저 들고
공간 집어 계단 위에 올려놓는다
고독의 향기는 진달래 꽃잎에 묻어
바람벽 단장하고
보따리 안 이물질이 베갯속에 추억으로
흘러들어, 우울증 칼탕 쳐 버린다
녹슨 오작교의 뒷켠에는
바람 씹는 이빨의 번들거림이
눈물 되어 냇물처럼 흐른다

우울증

믿기지 않는다
내일이 뒤로 밀리면서 옷걸이에서
쉬고 있다는 사실이…
치륜 사이에 찢기운 호주머니의 비명엔
주먹이 갑숙 들어 있고
머리 뽑힌 번대머리가 이발사의
고민을 불러일으킨다
동면하는 여름의 팔닥거림이
도마 위에 까치소리로
토막나 있다
거짓말 탐지기가 땀 흘리며
자화상 그리고 있다

정두민 복합상징시집·어둠의 색깔

청명날

한숨이 표백되어
봉분(封墳) 솟던 날
굶주림과 헐벗음은 정감 섞인 값이었다
아무도 믿어 안주는 탈락엔
감동의 자세가
서리 맞은 시간, 봄비 한 자락으로 덮어주고
엄마 그 부드러운 이름으로
큰절 올린다
축축한 고마움의 슬픔에
느낄 수 없는 사랑
맨발의 그림자가
술 한 잔 받쳐 올린다

밤의 묵상

어둠이 서두를 떼면
까매지는 민들레의 향기
시간의 타락에 침묵의 유령 흐느끼고
가난 구워 먹는 가을이 우수수 떨어진다
한숨의 아우성 뿌리에 탯줄 감고
하늘의 속마음 묘지 위에 별꽃으로 피어난다
허공의 못에 추락하는
구원의 짝짓기
소망의 파열된 곳에서
고향은 절망의 대명사로
동년의 숨터, 덮어주고 있다

정두민 복합상징시집·어둠의 색깔

호수

죽음보다 강한 고독은 발악했다
언어들의 탐스런 눈물엔
상처 않는 그리움이 목청 찢고 있었다
시들어가는 기도가 눈 뜨는 날
가장 어두운 곳에서 울려오는 힐리의 종소리
도망간 질문의 십가가에 이슬비 내리고
별빛의 오만한 액체의 집합…
그 속에서 연꽃의 이파리
부끄러워 향기 빨갛게 닦고 있었다

병풍

미풍의 하늘에 세월이 던져버린 족보가
봄의 온도를 나뭇잎에 베끼고 있다

택배 보낸 고향의 향기가
이별의 공간 도배해 가고
갯벌의 미련, 바다의 허벅지가
굴절되어 있다

색상들의 거부엔
까치 소리가 확석으로 변하고

먼지 덮인 아침마다
시간이 왈칵
먼지 낀 고향을 토한다

 정두민 복합상징시집·어둠의 색깔

선생님

달의 변화에서
최악의 죽음이 꽃펴난다

맥박의 정감이
세포로 마음 덥힌다

싱거운 땀방울에
고독이 냉각되면

사랑 갈아 종소리 보드랍게 펴고
산하의 이랑마다
별꽃 따다

꿈을
심는다

면목

개똥벌레들 스쳐 지나고
알 수 없는 언어들의 궤적
숫자들의 행보가 튕겨 나가 족보 펼친다

탈출의 찬바람에 방부제 섞어
날숨들 꿈틀거리고
고독이 시간 끓여 추측 굽는다

폭죽의 방아쇠
낯선 문안과 축복이
까치의 목소리로 불꽃 잔치
벌이는 동안

그리움의 무게가
밤을 누른다

이 밤엔

달이 나를 생매장한다
사랑의 타액에 실종된 그녀
점으로 아득한 기적소리에 한숨이
신음으로 꺼질 때
그리움의 허우적거림엔
멀리 있다는 생각보다 함께 있다는
보살핌이
그릇 되어 밤의 취약함 담아두고 있었다
개미들의 분주함엔 이유가 없는 것이 아니었다

어느 여름날 저녁

빛으로 시작하는 원추형의 밝음
글씨들의 행렬엔 어둠도 끼어있었다
해체된 언약의 날개마다
이탈리아 화장품 알레르기 앓고
반죽된 피리 소리에
손금 보는 시간의 미소…
그 세포마다엔 찢겨진 고독
화석 빚고 있었다
낯선 사람, 애완견의 웃음소리는
마야문명의 골동품이라고
로띠번 카페 문전엔 적혀 있었다

하루를 저리 해도 된다면

활주로 엔진 소리 잠그고
낯선 시선이 눈물 뚜진다
면목의 경계선이 동정(同情) 뜯어 금 긋고
가정폭력 뉴스가
수돗물로 싱크대에 넘친다

마음의 연장선, 진선미의 여파가
혹서를 식히어 줄 때
역학의 비중이 아픔을 삼킨다

추억의 폐활량에
밀물과 썰물의 쓰나미
광고판에 팸플릿이
깃발 되어 나붓거린다

쇼

퇴화된 펭귄의 날개
바람에게는 부담 없는 허공의 무대였다
탯줄로 이어진 이름들의 대안엔
투명한 그리움의 족속들
연체동물의 명찰 달고 있었다
아침의 입김엔 거울의 여행
오래된 침묵이
묵은지 입맛으로
가슴의 온도를 측정하고 있다

뿔

예비된 기쁨이 하늘에
말려 올라간다

숨어 다니는 승패의 공간은
움직이는 동공의 초점에서
지구의 숨결을 찾는다

시작과 종말의 레루장에
휴전의 팻말 내드는 사투의 땀구멍에서
압축된 평화가 빈곤한 거리에
깃발 꽂는다

착륙 좌표가 다시 움직인다

접목

임종의 맥박이 그리움 짚고
본초강목 들여다본다
초침의 취약함이 창문을 유혹하고
유전자들의 사투가
조준기의 통로를 떨고 있다
사랑은 태어나는 것이 아니라
재배된다는 설도
두려움 껴입고 거리를 활보한다

파리채

공기의 진동이 맴돌다 멈춘 곳에
구멍 뚫기를 즐기는 바람의 파편
공간에 치솟는 생명 하나가
검은 별 되어, 종지부가 확대된다

환각의 짝사랑

날개 감춘 애상의 눈동자에
여인이 울고 있다

소망의 가맛목에 옛꿈 적으며
어디서 무얼 하는지

기억을
점치고 있다

농군의 봄

태양으로 마음 달구어 보습 벼르고
달을 깎아 가대기 걸었다
소망의 부탁 황소 등에
멍에 만들어 씌우고
발효된 구슬땀 여명의 이슬로
뼈를 갈았다
황혼의 도랑에 피 쏟는 놀빛의 언약
사랑 덮인 들마다에 새싹으로
손 내밀고
춤추는 아지랑이 치마에
흥얼거림, 딱지 붙인다

땅의 생일

모양의 색상에 고집스런운
호흡기가 달려 있다면
쓰거운 질투와 세배의 인사는
불변의 섭리에 자존의 깃발 꼬을 것이다

맑은 하늘 몇 모금에 취하는 효도
살진 축복의 간지러움엔
단풍잎 산자락 덮어주는

부끄러움도
불 끄고 옷 벗을 것이다

정두민 복합상징시집·어둠의 색깔

설날

손을 잡고 다가서는
사념의 정
배고픈 틈새로 기다림 한 다발
부리워 놓는다

타다 남은 한숨이 피워낸
설빔의 향기
고독의 숲에 담뱃불 꽂아보지만

나이테 옥죄이는 숨결엔
벽시계 걸어가는
새날의 숨소리도 들린다

그림자

허우적이는 호흡의 포도알처럼
유혹은 매끌거렸다
비좁은 시간의 골목에 꿈은
인체의 기관을 보호했다
축복에 상실된 면목들이 욕심의 도마 위에
별 되어 부서지고
사래 긴 추억의 밭고랑에
이름 석 자 심어
땀방울 주렁진 우주가
꿈 흔들어 보았다
잃어버린 자아엔 재충전이 필요했다

속사

나이만큼 세상을 뚫고 들어가야만 했다
종착역 이름엔 꿈빛 드레스도
걸쳐 있었다
소망의 노예 앞에 그림자는
미완성을 선호하고
공포의 위협 속에서 아픔은
무거운 바람을 짊어지고 사막 걷는다
차라리 죽여나 버릴 것이지…
하루가 더듬어 들어가는 어둠의 터널에서
미지의 세계가 미로의 등(燈)
환히 켜들고 있다

술상

씹어 삼키고 핥아먹고
개구리 양식장을 비리가 갉아먹는다
이별이 짚고 가는 비명의 반납
거짓의 잉태에는 게으름이 공동체 아우성으로
관상용 한숨과 즐거움
강제 결혼시킨다

단풍잎

말라버린 욕심의 살점에서
맥박이 밀려나간다
숙명의 핏방울에 하늘이 내려앉고
죽어간 출입구에 낀 성에들의 향기가
명복 받쳐 들고 시간 앞에
무릎 꿇는다

반성

새끼줄에 달팽이처럼 매달린 섬의 정력이
추락의 벼랑가에 발톱 박는다고
찰나의 미래에 우화를 펴 바른다
아찔한 사유의 버팀목에 종양들의
화려한 마취제…
출발의 경험 길로 물줄기가
평면을 끌고 나간다
쪽빛 하늘의 피멍 든 꿈의 옷자락에
첨벙대던 신분증의 거친 음색
깨달음은 약재 되어
약탕관을 달구고 있다

좀벌레 날아다닐 때

죄악의 그림자가
입으로 온도를 터치한다
반짝이는 음모의 물밑작업이 문안을 꾀한다
눈으로 말하는 미소의 메뉴판에
달빛 타고 하늘 잘라 매달아 두는
쉼터의 모질음…
위장한 악어의 이빨이 별이 되어
반짝거림을, 호수는
입 벌려 감추어 둔다

가을의 고민

숫자들의 주사위에 운이 팽글거린다
시간의 평등조약에 쥐와 고양이가
기억을 복원하고
바늘 찔린 숨소리가 레코드판에
입술 뜯어 얹어놓는다
야심의 수학공식들에는 고장난 음파가 없다
땡전 한 푼 없는 허수아비의 추락을
단풍은 핏빛 축복으로
아픔을 불사른다

빛의 각색

빗물과 눈보라의 기하 형태가
수모의 구멍 찾아 바람을 구겨 넣는다

삼각형과 원형의 좌초가
무지개로 피어
염색의 패션쇼, 설계도에 그려 넣는다

음양의 용접엔
땅 위의 꽃잎들
즐거운 신음마저 오로라 엷은 향기로
지구를 감싼다

비망록 끝자락에는 렌즈들의 베일이
축소판 우주를 가려 덮으며
직선의 속도에 어둠의 구석구석

목조선에
올려 앉힌다

등산길에서

정신환자가 어쩐지 비타민으로 보인다
착각의 하늘에 꽃비 내리고
엄지발가락이 들어 올리는 옛 묘지에서
수저의 발상이 눈발 되어 날려 나온다

초가집 앞마당, 굴 암퇘지 미스터리…
세상은 우울함 타자하지만
편집부의 방울소리는 부싯돌에 불꽃 튕긴다

합당한 혈맥에 뜸을 들일 때
바이러스들의 기침 소리가 사립 열고
바위를 받쳐 올리고

미친 하루의 멋이 환각 입고
저녁을 쓸어 눕힌다

조각난 거울

파편의 반사에는 새벽노을의 문안이
빨간 메시지를 해체시키고
더는 하나로 조립할 수 없는 토막들이
내장기관의 값
이식(移植)하고 있다

경력과 자존의 흥정이 수구소에
꽃으로 스러져
향기의 암시에
졸음, 수음하는 소리

얼굴 닦고 머리 빗고 넥타이 매어주던
섬섬옥수의 믿음이
파열된 이분법 깁어 올린다

아침이었다
홀로의 부탁이 놀빛에 기대 있다

추상화

생각의 능선에 단풍이 걸려 있다
하늘 깔린 구도에는
나뭇가지들의 각도

지렁이의 유효기가 살진 열매에
딱지 붙이고
뉴턴의 법칙이 지구의 생존에
각혈의 최후를 바른다

해골의 평화에 예기되는 질서…
첫눈의 이력서가 아우성에 입술 적시며
혀끝에 꽂아둔 펜의 아집으로
아리송한 갈색 바람
고집으로 덮어씌운다

훔쳐온 색감의 냄새가
광고판으로 빠져나간다

종소리

음파의 끝점에서
크레용이 그려놓은 자화상
동년의 문안 꺼내 들고 빠져나간다
바람의 달랑거림
배꼽에 유언 써 내려갈 때
하늘과 땅 모든 것들이
또 다른 생명의 연장선 그어가며
메아리 잡아 흔든다
봄 오는 들판에 향기의 멜로디
탱탱 영근 꼭지들이
잘랑잘랑…
가슴을 연다

지남침

떠난다
어디로

잃어버린 숨결 찾아
저 멀리
더듬어보는 편지 사연들

낭비된 구름의 에너지가
눈꽃 되어 바다를
덮어 감출 때

파도 이는 암류의 밑바닥에
젊음의 그림자

등 돌린 해와 달의 신화가
사금파리 비린내로
천년을 숨어 지낸 줄

바람은 솔잎 되어
기억 찌른다

버들개지

아지랑이 쪼아서 부화된
노란 봄 꼭지
계곡의 속삭임으로 죽음을 장식하고

부활의 환상곡
무대의 탈출이
유전자를 기록한다

향기의 지저귐 소리가
생명의 신음
기지개로 체조시킬 때

걸음마 떼는 홀씨들의 흔적
바람이 폐지시켜
구름을 감빤다

백양나무

시간의 번역기에 하늘이 그네 뛰고
바람에 부탁하여 이파리가
세월을 불러온다

빛이 세워놓은 그림자
예비된 개미들 유격전

소름 돋는 하늘의 유효기에
가지가 몸 흔들어
벌걸음
널어 말린다

하늘을 밟으며

땀구멍에 비집고 들어앉은
여명의 성좌들
미풍의 애무에 금빛 가루
산하에 뿌린다

고요의 터치가 낙서하는 새소리
구름 위에 얹어놓고

입 닦는 아침이
메아리 갈고닦아

꽃잎 위에 이슬로
차갑게 얹어 둔다

강

베일 벗은 누드의 미소가
여행 떠날 때
별빛의 파편 조합
가슴에 모락모락 기억들
꽃피워 준다

입 맞추는 시간의 허벅지에
물이 되어 흐르는
낚시꾼 즐거운 기침 소리도
구름 되어 바다로
걸음 맞춘다

고드름

은백색의 사랑이 슬픔이라면
추락의 음률엔 파편의 확대경이
눈물 흘릴 것이다

신음소리 매만지는 초점이
재생의 협주곡이라면

아지랑이 따스함에
꽃집을 짓고
속옷 벗는 푸름의 꿈틀거림에서

부화되는 땅의
자서전을
복사해낼 것이다

가을의 그림자

환상의 그림자들이
자물쇠 구멍에서
음률의 주파수를 토해버린다

하루를 지켜주는
대화들의 까칠함이
붕괴된 꽃 사태로 조각되고

싸늘한 해골의
말더듬증…
고독의 무게를 공손히 받쳐 올린다

부끄럼 모르는
애완견들의 사랑 행위가
바자굽에
달빛으로 노랗게 익는다

기록

나뭇잎에는
계절의 지도가 새겨져 있다

관상용 가을이 굳어버린 거리에는
뛰쳐나온 바람의 입덧이
죽음을 임신한다

경매 붙는 양꼬치의 열기가
골목길에
안경알 뽑아 들고

먼지 낀 태양의 온도를
가늠해 본다

지구의 허리에
영산홍 진달래가 꽂혀 있을 때…

지금이란

이름을 알리지 않아도
시간의 무게를
저울추에 매달 수 있다
기원전 절구공에 찌꺼기를 짓쫓아
내일의 텃밭에
옥토로 발효시키고
뿌리내린 하늘에 시간의 림볼 추켜들고
그리움의 답안지에
순간을 박아 넣는다
둔갑한 기억들의 연속이
내일의 에너지에 팔을 뻗는다

 정두민 복합상징시집·어둠의 색깔

창가에서

밤이 서성거리고
석양이 노을 베고 눕는다
가로수의 언어를 번역해 주는
베란다의 화초

가로등 불빛에 어둠이 놀라
한발 물러서면
거지가 동냥하던 모퉁이에서
누군가 쓰러져 자고 있다

이별 물고 다니는 생쥐의
보랏빛 사랑 이야기일 것이다

새벽이면 달맞이꽃으로 피어날
나방들의 추락사
적어놓은, 숨죽인 모음집…

술잔

시간이 손아귀를 지배한다
침묵이 흘러가는 틈서리로
얼굴을 스캔하여 밀어 넣는다
찰랑이는 노을의 음색에 활자 찍히는
밤이었다
기차의 고동소리가 간판 들고
바다로 떠나고
숙녀의 뼈마디에서 빛 한 오리씩 뽑아
꽃망울의 입귀에
화분 발라 걸어둔다
고독의 향기가 녹아
알코올의 농도를 측정한다
고요가 흔들린다

 정두민 복합상징시집·어둠의 색깔

하늘의 야성

소나기가 의성어로 개방식 수술을 한다
탈출의 여유가 열쇠의 경고음
연주하고 있을 때
초혼의 명상 구조엔 수의 들고 굳어진
먹구름의 논문
주파수 찾아 입 맞춘다
볼륨의 농간질에 어둠이 눕고
밤이 치맛자락이 들어 올릴 때
번갯불의 포즈에는
뇌성의 깨우침도 꽃으로
피어나고 있었다

앵두나무

마지막 한 알의 열매가
살점의 교반기에 가루 날 때까지
종점의 마침표는
해와 달의 비밀번호 망각하고 있었다
혈관 속에 흐르는 일기의
세포마다에
첫사랑 달콤했던 키스의 전율…
이별의 예고에는 무색한 낮달이
태양처럼 빨갛게
볼 붉어 있었다

그믐날 밤

문 두드리는 검은색 불빛이
혈관에 그리움으로 녹아든다

이별의 파편에 얻어맞은 상처의 소금꽃
땀구멍에 빗장 지른다

시간의 짝짓기에
겨울의 아우성

귓구멍의 주파수에 폭죽 소리
곰팡이 꽃피우며
어둠의 눈썹에 새날
그려 넣는다

슬픔

하늘의 주소가
빛과 바람의 집합 속에
묘지를 판다

세월의 요청 한마당
뿌리의 흔들림이
성에꽃 아쉬움 도굴하여
무지개 잔등에 이슬 빚는다

고혈압 증세는 어둠 먹고 살지고
흡수되는 빛의 에네르기

아침이 저녁 혓바닥에
별이 되어
고독, 갈고닦는다

진달래

세월 지나간 발자국에
풍자(諷刺)의 문안
홀로의 소망 위에 꽃펴나는
세월의 무지개는
언제부터 향기로 봄을 열었던가
소매 떨쳐 떠나버린 사랑의 미로 앞에
이별의 미소여 안개는
산허리 덮어주는데
회한의 빨간 각혈, 아미 들어
양지바른 언덕에
부끄럼 송이송이
세월 수놓아 가네
못 잊을 여인의 살내음이
봄이 되어 귀밑머리 간질여주네

수돗물

시간의 방아쇠
무기물의 유인에 출발을 꼬드긴다
지문(指紋)보다 맑은 부패가
링크의 연결고리를 탁본 찍는다
사유의 다리에 꿈의 부속물
투명한 미래가 낭자한 과거를 묻고
석방된 광물질이
명상의 갈증에 값을 매긴다
극본의 뚜껑에 악어 이빨 그림자가
찍혀있는 건
풍성한 경고음의 성수난
흐름소리다

엄마의 마음

바다가 병아리를 품었다
하늘의 받침대에는 온도가 필요했다
자장가 쪼개어 진주를 쓰다듬는
자양분 패권엔
고사리손의 포근한 미소가
팔베개의 탄성으로 맥박
율동시키고 있었다
시기루의 깃털마다에
별은 붙어 있었다

임자 찾는 광고

한 모퉁이에서
누군가 잃어버린 보따리에
쌓아놓은 햇살을 주었다
행운의 바람이 풀어헤친 거시기에는
눈물 훔친 그리움이 흥건하였다
캄캄한 밤을 밀어내는 고압선의
숨 가쁜 비명
하늘의 안색에는 나비들 엔진 소리도
풍경 얹은 노을 되어
거리의 귀퉁이 지켜주고 있었다
실락(失樂)의 조명등 밑에
물건 분실 증명이
나비 되어 밤을 파닥거림을 보면서
남자는 겨릅대같이
길게 울었다

 정두민 복합상징시집·어둠의 색깔

봄이 앉은 자리

햇빛의 목욕에 생김새들이
고백 밀어 올린다
발자국 찍혀진 자리에
새싹 되어 돋아나는 순정의 향기
세척의 확신으로
잎이 살진다
돌과 모래의 울림이 지구를 노크할 때
곤충 본뜬 소리가
푸르릉
날개 되어 바람을 난다

확대경

추억의 울바자에 먼지 낀 시간들이
차렷 자세로 누군가를
기다리고 있다
서까래 무늬 박힌 기억의 잔등에는
부스럼 앓는 바늘구멍이
속옷 벗은 첫사랑 터널에
깊이를 재어보고
헌신짝에 팔려 간 눈물의 성분이
나트륨 이온으로 스멀스멀
봄의 이랑에 꽃 한 송이
피워주고 있었다

정두민 복합상징시집·어둠의 색깔

일기

잠자리 날개에 가을빛의 포즈
와이셔츠의 눈부심에는 포도향 내음새까지
술에 녹아 있었다
흡반들의 광고에 돌 틈의 흐름선
벽을 사이 두고 낮과 밤이
살을 섞는다
치근거리는 구름의 속내에는
쥐구멍에 달을 불러들이는
허수아비의 비지땀도 시간처럼
내돋고 있다

사랑

낯설은 유행어에 외래어로 대꾸한다
확고한 은총에 춤추는
고독의 바이러스
필승의 눈빛으로 반사해버리는
숙명의 뜰안에는 만삭의
토마토가 가슴 열고
고독의 씨앗으로 꿈을 가꾼다

온도계

은백색 가슴에 굳게 닫혔던
문을 연 대가가
술래 잡혀 순종을 일으켜 세운다

피신의 유언들에 펌프 잦는 아지랑이
동결된 하늘
풀어 놓는다

협상의 일정표에 해와 달 뜨면
소망의 지평선에 바다가
출렁거린다

갈매기 울음소리가
눈금 되어 벽에 걸리어 있다

지문의 연출

혈형이 빚어낸 진액의 사연에
부서진 시간 한 쪼박 스며드는 순간
몽타주의 종잇장이 동공으로 확대된다
존엄을 뛰쳐나온 마주치는 대가
함축된 모든 것이 손가락 끝에 방아쇠를 건다
재일 수 없는 사투가 피 흘리며
숨어든 신경선
승부의 재판에는 색깔이 층계 딛고
순번 닦아 전화를 건다
또 다른 계약서가 줄지어 이정표에
날인 찍으며, 아침의 등어리에
때 묻은 입술을 갖다 댄다

정두민 복합상징시집·어둠의 색깔

지팡이

덫에 걸린 물음표가
감탄부호를 짚고 세월을 시탐한다
잘려 나간 손발톱의 무게가
늑골의 항아리에 주문으로 흘러들고
소실되는 언어의 승낙
묵념을 한데 묶어 퇴로를 닦는다
파종의 사명 안고 하늘이
판결 기다리는 유언
점선들의 집합이 하루하루의 미련임을
물음표가 빛의 연습
지탱해가고 있다 간신히…

혈관의 침묵

둔각으로 찢기는 아픔이었다
펌프 박힌 소망의 야릇함 주무르면서
갈증의 수구점에 이별은
발톱 박았다

담낭의 술 광기가
청각의 하늘 받쳐 들고
명암(明暗)의 박동 소리
파도 위에 잠재울 때

감성의 날개는 어느 바로
깃 펴야 할까

눈물의 진액이 낚싯밥 되어
굶주린 추억의 헛배 불리기에는
가마우지 감각기관도
더부룩하게 꽃으로 핀다

때로는 제목 없이도

딱따구리 설레임이
외과 수술하는 분주함으로 아침을 열고
더러는 떨어지는 내일의 탐스러움으로
멀어지는 향기를 끄당겨 온다
거미의 등불에서 죽은 자가 한없이 즐거워 보이고
고독이란 거짓의 불길에 바람이
음산한 빗방울 뜯어 굽는다
땀구멍 속에 아픔이 별이 되어 돋아나고
배신의 탈출, 진화의 돌 틈이 껍질을 경계한다
하늘의 바이러스엔 흑색의
물방아 울음소리…
달걀의 원형이 봄을 깨우면
숨 쉬는 꽃향기엔 콧구멍 도난당할까
우려가 골다공증 앓는다

친구에게 보내는 편지

겨울 버드나무 속에 응고된 시간이 있다
계곡의 부서짐이 진달래 톱질하여
아침에 다리를 놓는다
추억의 역에 붓의 엉큼함이
별을 빛으로 도배할 때에
그림자의 뿌리에는 소리의 역설
기억의 이랑마다에 파도의 씨앗으로
눈뜨고 있음을
저녁노을에 맡겨버린다

가슴속의 이모저모

고독의 밀항, 입술의 쓴맛
대화의 창은 말이 없다
핀셋에 집힌 사막의 핍박
절규는 양보에 열쇠를 갖다 댄다

때로는 망각의 멋도 유행이라는 냄새…
누군가를 겨냥하고 있다

구릿빛 얼굴이 비닐하우스의 공간에
흩어진 하늘 모아놓고
소리의 분자들이 고집의 후각에
마스크 씌워주고 있다

차 한 잔

실종된 쓰레기 프로필 속에
녹슨 사념 목구멍을 끓인다
늑골 타고 오르는 액체의 따스함…
지쳐 누운 종점에 시간이 매달려 있다

그리움의 자존이 풍자를 한탄할 때에
설탕 섞인 구름의 메모

고독의 하루가 그림자 배설하며
무덤 속 골동품 가격
흥정하고 있다

한때는

처마밑 제비 새끼들 똥으로
낙서한 바람벽 추상화를
찾지 못했던 문안으로 간직했다

파헤친 알맹이를 첩들에게 나누어주던
일부다처제를 고집하는 수탉마저
쓸쓸한 고독은 부러워했다

포승줄에 묶어 놓은 죽임이
한없이 즐거워 보이는
거미의 외로움은 거짓이었고

온기는 밖으로 부서지고
떨어지는 내일은 탐스러웠지만
미련들은 배신으로 탈출 꾀했다

흑백 울음이 다가서고
달걀 원형이 녹색으로 까낼 때
기적소리
손아귀에서 빠져나갔다

고독

피뢰침이
먹장구름을 해부하여
뽑아낸 빛기둥

보석 조각들의 함성이
백사장에 새기는
파도의 맥박

이름의 획들을 거머쥐고
소용돌이치는
태양의 미소

달의 어두운 부분에서
헐떡이던
은빛 언어들
지평선에서 너울거린다

정두민 복합상징시집·어둠의 색깔

어둠의 색깔

저녁노을의 숨소리가
어둠에 질식한
태양의 발자국 쪼아 먹을 때
성형수술 한 바람이
지평선 파도에 들먹거린다

찻잔 속에 쌓여진 검은 비등점
고요의 기둥에 물소리 미끌어 매어두면
깎아버린 손발톱 무게들
분신자살한 별찌의 빈소를 짓고
추모의 눈물을 휘뿌려도
달은 아랑곳없이 태연함을 바른다

유언으로 남겨놓은 혜성의 각막을
이식수술 받아
광명 찾은 늙은 반딧불
잠자는 허공에게 해몽을 서두른다

몰래 카메라

공작새 꼬리의 눈알들
새싹의 걸음마 길을 닦는다
텅 빈 가슴에 화살 날리는 시간의 변질
별들의 방부제가 꿈을 재 발기 시킨다
명암 뒤섞인 구름 밑에 매달려
광대놀음 하는 바람의 투명 옷
맑은 하늘 껴입는다
삐뚤어진 지평선에 우는 낙엽의 흐느낌
기네스 기록 신청한
국보급 박물관에 수탉의 메아리는
그림자 속에 정체를 감춘다
호수 물에 꼬물거리는 공룡의 후예들
다이빙 하는 갈매기 음모들이
수포로 사진 찍으며
기억을 에돈다

정두민 복합상징시집·어둠의 색깔

바람의 그림자

하늘의 채널
허공의 기억을 쏟아내고
꼼지락거리는 색 바랜 한숨 속에
들국화 웃음 혈관에 흐른다
꿈의 혈서를 받쳐 든 뿌리들이
순회공연 하던 번갯불에
소름 긁어 코 고는 소리
묵은 내력의 전단지 이파리들이
임불의 시간 폐기처분 한다
작식표가 하늘의 단 즙 빨던
버짐 먹은 피부의 바위
불신이 팽배한 동족의 사마귀들은
죽음의 초읽기가 막바지에 이르고
물소리의 발가벗은 애교 그 뿌리침이
돌과 모래의 대화를 지워버리고
외로운 늑대 바침 없는 통곡으로
갈라진 무리들 틈새를 봉합한다

폭풍전야

해발 수만 미터 하늘에
검은빛 단두대에 올려 칼탕친다
고목나무의 맥박은 안락사에 썩어가고
안테나 기상예보 주파수가
개미들 굴 문에 빗장 채우라 재촉한다

바람의 잔뼈 뜯던 고요
둘러앉은 새소리 갈대숲에 숨기고
그리움 앓는 무당개구리
수컷끼리 부둥킨 채로 주문 외운다

먹장구름이 용권풍 증식 냅다 뿌리고
열기 수선하여 옷차림한 부활초
빽빽한 후손의 피복율에
빈 그릇 들고 빗물 기다린다

정두민 복합상징시집·어둠의 색깔

고독의 배경

우렛소리 울림은
구름의 뒤뜨락이다
맑은 하늘에 흠뻑 젖은 씀바귀
산란한 이별의 씨앗들이
땅을 골라 제멋대로 시탐하고

포탄에 실려
떠나버린 그녀의 뒷모습은
영혼의 멀미

인색한 바람은
예비 된 골회함 속에
미세먼지 내력마저 저장한다

지평선 끝자락에
시간의 거룩함은 여전한데
집 잃은 방언들이
통역사를 끼고
텅 빈 가슴의 뒷문으로 나든다

명상

마음 여백의 끝자락에 노을
팔락거릴 때
느리다는 태양의 욕살은
달팽이의 푸념질에 녹아들었다

푸른색 조합의 풍자는
펼치지 못한 시간의 게으름에 납치되어
쓰레기 프로필 매립을
녹슨 혼의 숨소리로 꽂이고 있다

늑골 타고 오르는 빛들의
품에 안기는 동안
지팡이 움직임이 그림자 향해
배설하는 삶이 욕망

도눅 하늘이 호주머니에서 뛰쳐나와
골동품의 넋을 거머쥐고
세월의 값 흥정하고 있다

정두민 복합상징시집·어둠의 색깔

바위

적막에 발톱 가는 독수리의 숨소리
침묵의 숫돌, 엿듣고 있다
최면에 걸린 무게 속성의 문패
허벅지가 드러나 있다

강력한 반사는 빛의 웃음으로
묵비권 행사하고
혼혈아로 허공에 새겨진
특권의 자만

퇴화된 붉은색 틈새로
껍질 벗는 배암의 유연함이
지느러미로 굳어져 있다

지문

빛어진 붉은 진액에
손끝 소용돌이 스며들면은
쪼갤 수 없는 결탁

함축된 영혼이
복제한 존엄을 들고 나오면
경매할 수 없는 몽타주

음양의 맞대결
패배 없는 좌표의 명당자리로
영원한 유전자의 패쪽

경력의 이정표
맥락의 연결고리에
또 다른 계약을 기다린다

정두민 복합상징시집·어둠의 색깔

실락(失樂)의 초가삼간

무언의 수련이 택배 보낸 목소리라면
계절의 이정표는 점점점...
생략의 사닥다리 선언으로 낙인찍는다
궁녀들 팔소매에 가려진 편종의 가르침
무질서와 퍼즐의 교합이
봉해버린 왕릉이 코 고는 소리...

나열할 수 없는 경로 이탈 방위가
국경 넘나드는 이별을 웃으며
월궁아씨 눈물 쌓아 팔색조
화려한 승낙에 옻칠해준다

전설의 패션쇼에는 영생의 메아리
백구 영정 사진 발치에 이마를 쫓고
임종 맞는 제비의 통곡 소리가
까치 넋두리에 은침 금친 골라 찌른다

애도의 소야곡 달빛 깔린 산하에
바람의 숙명으로 잠재워 둔 기다림이
딸기 빛으로 물들어 있다

사각지대

하늘의 유효기를 따
속살 늘구던
능선의 욕망

낙엽의 피는
안개의 언어를 말리우고

빙점의 진화는
해골 숲의 빛기둥

찬바람은
풀의 혼을 부검하고

땅의 숨결
태양 향해 암벽 등반하다
응고된나

계좌번호

다윈의 진화론을 파괴하면서
형체 없던 혼으로 다시 태어났다
계절의 꿈에 부친 두뇌의 부스럼에
곪아터질 그리움의 피의 순환
마그마 몇 만도의 화산직전
굴절의 빛의 직선은
과테말라 용암으로 흐르고
이 세상 정들은
모자이크로 어렴풋이 가로막는다
깨진 거울 조박에 분열된 자아정체
계좌번호가 둘러싼 반경 안에서
여백은 흰 종이뿐
가슴에 둥지를 튼 녹색이 율동한다

첫 시집을 내면서

지은이 · 정두민

오늘은 특수한 날이다

그토록 갈망하던 첫 시집을 출간하게 되었다

잠시나마 자신의 얼굴을 떠올리고 주목하는 순간, 지나온 발자국 소리 들려온다.

평생 시를 잊어 본 적 없지만 모종 원인으로 오랜 시일의 공백이 있었기에 지각생임이 틀림없다.

잃어버린 것이 많을수록 얻는 것이 많다는 명언이 떠오른다.

복합상징시동인회에 입회해서 과거를 청산하고 재정리하면서 시문학에서 새로운 첫 발자국을 내딛게 되었다.

바로 이 새로운 출발을 이끌어 준 분이 중국조선족복합상징시동인회 김현순 회장님이시다.

고금중외 시문학 역사를 새롭게 배웠으며 시야를 넓혔다.

무자비하면서도 따뜻한 관심, 논리적인 가르침을 받았다.

회장님의 지성어린 도움이 없었더라면 기쁨의 결실을 맺지 못할 것임을 깊이 느낀다.

그리고 접근하기 싶고 사심 없는 지지 무궁한 힘을 준 동인회 동아리들이 배려가 있었기 때문이다

이 세상 모든 생명체들이 저의 맥박을 짚어 보는 듯한 지금 잔혹한 현실이 영혼을 부시어, 환멸로만 가슴을 찢던 지나간 인생의 굴곡적인 아픔이 열망으로 다시 살아나기도 한

다.

영광을 느낀다.

이제 새로운 스타트 선에서 출발할 것이다.

매화꽃은 아름답지만 향기를 팔지 않는다는 풍격을 가슴에 지니고 허심하게 남은 여정을 갈 것이다.

나에게 모든 심혈을 기울인 김현순 회장님한테 충심으로 되는 문안과 감사의 경례를 드린다.

그리고 동인회 모든 회원들에게도 고맙다는 인사를 드린다.

2021년 3월 20일

어둠의 색깔

초판인쇄 2021년 03월 25일
초판발행 2021년 03월 25일

지은이 정두민
펴낸이 채종준
펴낸곳 한국학술정보사
주 소 경기도 파주시 회동길 230(문발동)
전 화 031) 908 3181(대표)
팩 스 031) 908-3189
홈페이지 http://ebook.kstudy.com
전자우편 출판사업부 publish@kstudy.com
등록 제일산-115호(2000. 6. 19)

ISBN 979-11-6603-376-6 03810